이해인의 햇빛 일기

이해인의
햇빛 일기

작은 위로가 필요한
아픈 이들을 위하여

열림원

생명의 빛으로 초대하는
나의 햇빛 한줄기로

나는 하루를
시작한다

기도시집 『햇빛 일기』에 부치는 글

'하느님 저를 구하소서. 어서 빨리 오사 저를 구하소서!'

날마다 서너 번씩 외우는 성무일도의 초대송인 이 구절이 오늘따라 더 간절하게 마음을 울립니다. 게시판에 붙어 있는 누군가의 부고를 본 날이나 슬픈 소식을 들은 날은 더욱 그러합니다. 최근엔 수년 전에 세상 떠난 언니 수녀님의 얼굴도 보이고 아주 오랜만에 어머니의 정다운 모습도 보여서 얼마나 반가웠는지 모릅니다.

얼마 전 책을 읽다가 도시락이란 단어가 등장하니, 여중 시절 어느 날 무슨 일로 잔뜩 토라져서 등교한 딸의 마음을 풀어주려고 정성스런 밥과 반찬이 담긴 도시락을 학교까지 들고 온 어머니의 모습이 겹쳐와 눈물이 났습니다. 엊그제는 침실에서 하얀 홑이불을 정리하다가 '나중에 내 시신을 감싸려면 하얀 홑이불이 필요하니 큰 가위와 더불어 가까이 두어야겠네'라고 혼잣말하시던 어머니의 모습이 떠올라 조금 울었습니다. 이렇듯 추억은 죽은 이와 산 이를 가까이 잇는 연결고리가 되어주곤 합니다.

언제부터인가 제게는 '위로 시인' '치유 시인'이라는 단어가 이름 앞에 자연스럽게 붙기도 하는데 민망하긴 하면서도 한편으론 이 말이 반갑게 들립니다.

지난 수십 년간 우정, 사랑, 기도 등등 특정한 주제를 가지고 시를 쓴 적이 있지만 처음부터 아픔이나 고통을 주제로 글을 쓰거나 책을 엮을 생각을 하진 않았습니다. 그러나 예기치 않게 암 환자가 된 2008년부터는 자연스레 아픔, 고통, 이별이 글에 자주 등장했고 이를 읽은 독자들이 공감의 표현을 해주니 계속해서 쓰게 된 것 같습니다. 제 신분이 수도자여서 그런지 참으로 많은 분들이 이렇게 저렇게 자신의 아픔을 고백하며 위로받고 싶어 해 때로는 감당하기 힘든 적도 있었습니다.

어느 순간 사람들과 대화를 하거나 편지를 쓸 때 제가 쓴 시의 일부를 인용해 위로를 건네는 때가 많아졌습니다. 임의로 가려 뽑은 33편의 시들로 소책자를 만들어 무상의 선물로 사용하니 반응이 좋아 해외에서도 주문이 계속 들어와 재쇄를 찍어야만 했습니다. 제가 이렇게 비공식으로 만들어 나누던 소책자에 그동안 쓴 새로운 글들까지 포함해 멋진 시집을 만들어준 열림원 출판사에 깊이 감사드립니다. 1부와 2부에는 새로운 시들이 들어 있고 3부와 4부는 기존의 것들에서 가려 뽑은 시들로 구성되어 있습니다.

이 시집의 제목을 '햇빛 일기'라고 한 것은 햇빛이야말로 생명과 희망의 상징이며 특히 아픈 이들에겐 햇빛 한 줄기가 주는 기쁨이 너무도 크기 때문입니다. 큰 수술 후 회복실에서 듣던 사람들의 웃음소리, 다시 바라다본 푸른 하늘, 미음과 죽만 먹다 처음으로 밥을 먹던 시간의 감사한 설렘 등 어느 것 하나 새롭지 않은 것이 없었습니다. 사실 저 자신의 아픔을 한 발 떨어져 객관적으로 바라보려는 시도가 그리 쉽진 않았으나 그런 노력을 구체적으로 할 수 있을 때에만 다른 이에게도 비로소 조금 더 좋은 위로자가 될 수 있음을 경험했습니다.

최근에 우리 수도 공동체의 70대 이상 수녀들이 성당에서 도나 노비스 파쳄〔dona nobis pacem, 주님 (저희에게) 자비를 베푸소서〕라는 성가를 돌림노래로 아래층과 위층에서 번갈아 부를 기회가 있었는데 어찌나 감동스러운지 마구마구 눈물이 쏟아졌습니다. 노래를 부르는 이들 중에는 몸이 많이 아파 거동이 불편한 이들도 있고 치매 판정을 받아 늘 보호자가 곁에 있어야 하는 이들도 있었지만, 화살기도처럼 반복되는 도나 노비스 파쳄의 노래 음성은 수십 년 동안의 수도 생활에서 깊이 무르익은 그야말로 혼이 담긴 기도여서, 무어라 말로 하기 어려운 감동을 자아냈습니다. 성당 가득히 차오르는 천사들의 화음이라고 하기에 충분했습니다.

지상에서 제가 바칠 처음과 마지막 기도 역시 dona nobis pacem! 외에 다른 것이 아니리라 생각하며 더 자주 도나 노비스 파쳄을 외워보는 요즘입니다.

이 시집 안의 시들이 누군가에게 다가가 작은 위로, 작

은 기쁨, 작은 희망의 햇빛 한줄기로 안길 수 있기를 소
망해봅니다. 아침에 눈을 뜨면 '또 하루를 살아야겠다',
밤에 잠자리에 들 때는 '또 하루를 살았구나' 감탄의 기
도를 바치면서, 기도하면서 우리 함께 길을 가기로 해요.
'몸이 많이 아파도 시는 계속 나오는 게 신기하네?'라며
감탄하는 우리 수녀님들, 특히 힘겹게 투병 중인 수녀님
들께 삼가 이 시집을 바칩니다. 감사합니다.

2023년 가을
부산 광안리 성베네딕도 수녀원에서

오늘도 햇빛을 그리워하는 이해인 클라우디아 수녀

차례

1부
내 몸의 사계절

2부
맨발로 잔디밭을

3부
좀 어떠세요?

4부

촛불 켜는 아침

1부

내 몸의 사계절

햇빛 향기

오랜 장마 끝에
마당에 나가
빨래를 널다
처음으로 만난
햇빛의 고요
햇빛의 만남

하도 황홀하여 눈이 멀 뻔했네

다시 한번
살아 있는 기쁨
숨을 쉬는 희망

자꾸자꾸 웃음이 나오네

아아 이제

내 남은 시간들을

어찌 살라고

햇빛은 저리도 눈부신지!

햇빛 주사

병원에서 링거 주사를 맞듯이
내 몸이 힘들고 우울할 땐
햇빛 주사를 자주 맞는다

차가운 몸이 이내 따뜻해지고
우울한 맘이 이내 밝아지는
햇빛 한줄기의 주사

고맙다고 고맙다고
목례를 하면
먼 곳에 있는 해님이
다정히 웃는다

복도를 걸어갈 때도
두꺼운 유리창을 뚫고 들어와
나를

생명의 빛으로 초대하는
나의 햇빛 한줄기로

나는 하루를
시작한다
햇빛이 준
넉넉한 양분으로
나는
나에게
이웃에게
둥근 사랑을
시작한다

슬픈 날은

삶이 힘들고
우울한 날은
나보다 먼저
세상을 떠난
엄마 언니 친구
그리고 함께 살던
선배 동료 수녀들을
생각한다
그들과 함께 찍은 사진들을
가만히 들여다보면
친절하고 정겹게
위로의 말을 건네온다
지나고 보면
아무것도 아닌 일로
크게 고민하지 말고
지금 이 순간을

보석으로 갈고 닦는

지혜를 청하며

겸손해져야 한다고

그래야

행복해질 수 있는 거라고

죽은 이들이

바로 곁에 살아와서

나를

일으켜 세운다

환히 웃어준다

내 몸의 사계절

친구야 내 몸에도 사계절이 있단다
항상 설레이는 시인으로 살고 싶은
나의 마음과 찬미를 노래하는 나의 입은
봄인 것 같고
항상 뜨거운 사랑을 하고 싶은
나의 마음과 가슴은 여름인 것 같고
항상 단풍빛의 그리움을 안고 사는 나의 마음과
고독이 출렁이는 나의 눈은 가을인 것 같고
항상 참을성 있게 비워두고 싶은 나의 마음과
차디찬 손은 겨울인 것 같고
이렇게 말해도 말이 되는 걸까?

고운 시간

비가 많이 오는 날
내가 듣는
새 소리

바람 많이 부는 날에도
잊지 않고
나의 꽃밭으로 날아온
하얀 나비 노란 나비

사소한 일로
마음을 다친 내가
잠시 우울해 있는 걸
어찌 알고

먼 나라에서까지
기도의 꽃바구니를 배달시킨

그리운 옛친구

덕분에
여기가 천국이 되네
오늘도 나의 시간은
가만히 웃음을 띠네

비 오는 날

비가 많이 내리는 오늘

갑자기

나에겐

생각의 빗방울이 많아지고

어딘가에 깊이 숨어 있던

고운 언어들이

한꺼번에 빗줄기로 쏟아져 나와

나는 감당을 못 하겠네

기쁘다

행복하다

즐겁다

나는 그냥

하루 종일 웃으며

비를 맞고 싶을 뿐

눈매 고운 새 한 마리

초대하고 싶을 뿐

이명

어느 날
갑자기
오른쪽 귀에서

크게 들려오는
바람 소리
파도 소리가

처음이라
덜컥
겁이 났다

어디가 고장 난 걸까?
무엇이 잘못된 걸까?
약의 부작용?
모르게 쌓인 피곤함?

소리에 자꾸
신경이 쓰이니
일에 집중도 안 되고

이젠
그만 살라는 말인가?
한숨부터 쉬는데

창밖의 새 한 마리
빤히
나를 쳐다보네

어서 좀
멈추어주렴

약이 내게 와서

더러는 먹고
더러는 바르고
더러는
눈에 넣기도 하는
너무 많은 종류의 약들로
나의 침실엔
하나의 약국이 차려지니
작은 방에
여백이 없어지는 답답함
이토록 많은 약들을
감당해야 하는 나는
내 몸에게도 미안하고
비싼 값을 지불해야 하는
수도공동체에게도 미안하네
이왕이면 알고 먹는 게
더 좋을 것 같아

열심히 설명서를 읽다가

스르르 잠이 든 나

아침에 일어나

예쁘고 단아한 빛깔로 엎디어 있는

나의 약들에게 말한다

지금 다시 나를 기다리는 거지?

고맙게 먹어줄게

부디 내 몸 안의 길을

잘 찾아가서

부작용이 없기를 부탁할게

나를 살리는 일에

보탬이 되어 고마운데

때로는 찡그리고

먹기 싫다고 투정해 미안하다

태풍이 지나고

태풍 지난 뒤
아침에 일어나니

지붕의 기와가 떨어지고
유리창이 깨지고
장독대의 항아리가 부서진
태풍의 위력을
무력한 표정으로
우린 그저 바라만 보네
나는
조그만 침방 앞 베란다에
무더기로 떨어진
솔잎들을 쓰는데
웬일이야?
태풍 때문에
슬픈 일도 많지만

태풍 덕분에
숲은 대청소를 하는군
옆방의 수녀님 혼잣말에
고개를 끄덕이는데

하늘은
처음 본 듯 푸르고
흰 구름은
처음 본 듯 신비하게
다시 다시
어여쁘네

어느 날 꽃과의 대화

내가 꽃에게 말했다
'오늘도 조용히
그 자리에서
피어나느라고 수고했어요'
꽃이 나에게 말했다
'오늘도 그 자리에서
힘든 순간도 잘 견디며
살아내느라고 수고했어요'
우리 둘이
마주 보며
활짝 웃는
한여름의 꽃밭
어딘가에 숨어 있던 행복이
가만히
웃음소리를 낸다

여름 일기

부엌에서 설거지하고
열심히 행주와
걸레를 빨고 오니

누가 건네주는
메로나 아이스크림
빛깔이 마음에 들어
기쁨 또한 연둣빛으로
녹아버리네

아침부터
덥다 덥다
불평의 노래를 부르다가
바람아 불어다오 외치며
선풍기를 틀다가
가만히 눈을 감고

명상의 숲으로 들어가

더위를 식히는

피서법은 어떨지

실천해보기로 한다

여름 일기 — 비의 말

한바탕 큰 소리로
한꺼번에 쏟아지는 소나기는
나에게
이왕이면 망설임 없이
큰 열정으로
사랑하는 용기가
필요하다 하고

소근소근
종일토록 조용히 내리는 보슬비는
나에게 큰 열정도 좋지만
가만히 은은히
조금씩 스며드는
꾸준한 사랑 또한
아름다운 거라고 전해주네

둘 다 맞다

알았다

고개 끄덕이며

비를 더욱 사랑하는

나의 여름날들

손님맞이

손님들을 만나기 전엔
왠지 조금
긴장이 되지요

마음의 창을 열고
이야길 나누며
차를 마시는 사이
어느새 우리는
처음 보아도
낯설지 않은
친구가 됩니다
기도를 약속하는
가족이 됩니다

각기 다른 모습의 손님들을
한 송이 꽃이라고 생각하며

조심조심 예를 갖춰
정성껏 대해주면
그들만의 고운 향기를
남겨놓고 떠납니다

나는 가만히
뒷정리를 하며
헤어지고 나서도
환대의 미소를
먼 데까지 날려보냅니다

그리움 일기

어떤 그리움은
주체가 안 되어서
엉뚱한 생각을
자꾸만 하게 되네

먼저 세상 떠난
엄마 언니 오빠
수도 가족 친지들이
너무 보고 싶을 때는
꿈속에서만 말고
실제로도 며칠
이승에 와서
잠시 머물다가
다시 돌아가면 안 되나
그런 생각을 하고

내가 저쪽 세상으로

잠시 방문했다

되돌아오는 그런 방법은 없을까

궁리하고 궁리해도

답은 없지만

말이 안 되는

이 엉뚱한 생각만으로도

나에겐 위로가 되는

이런 마음을

어찌 설명하면 좋을지?

암튼

기도만으로는

해결이 안 되는

이 그리움을

나는 죽을 때까진

그대로 안고 살아야겠지?

이름 부르기

부르는 이름에
대답할 수 없는 미안한 슬픔을
조금이라도 위로하고 싶어서
죽은 이들은 가끔
사랑하는 이들의
꿈속에 나타나 이름을 불러주나보다

나는 오늘도
꽃에게 나비에게 나무에게
그리고 함께 사는 이들에게
이름을 불러주며
새삼 행복하다

누군가의 이름을 부르는 동안은
마음에 잔잔한 강물이 흐르고
하늘에서 구름이 내려와

좀 더 겸손해지네

욕심 없는 마음으로
이름을 부르면 하루가 거룩해지네
지금껏 나는 얼마나 많은 이름을 부르며
살아왔는지 얼마나 많이
이름이 불리워지며 살아오고 살아냈는지
고맙고 고마워서
자꾸만 눈물이 난다
내가 아는 이름들을 향해
무조건 사랑한다며
가만히 목례를 한다

다시 꾸는 꿈

갈 곳이 많고
만날 사람들 많아도
힘들지 않게
거뜬히 해내는
꿈나라의 소임

꿈속의 길 위에서
사람들과 행복하게 웃고
선한 일도 해서
보람의 열매로 뿌듯한
그 시간을 놓치고 싶지 않은데
깨어보니 꿈

나는 다시 들어가고 싶어
내내 눈을 감고 있다가
맘대로 들어갈 수 없어

오늘 밤을
기다려보기로 한다

안간힘을 써도
잘 되지 않던 사랑이
꿈길에선 쉽게 되니
신기하기도 하네?

감탄하고 감동하면서
다시 꾸는 나의 꿈
사랑을 향한 나의 열망

꿈 일기 1

1

차츰 기억을 잃어가는
내 친구 수녀가
간밤 꿈에는
내 어린 시절의 단짝 친구 혜숙이와
세상 떠난 내 오빠를
길가에 서 있는 내게
모시고 와서 말이 많았다

너무 반가운 느낌이
깨어서도 생생해서
오늘은 자꾸 웃음이 나네

2

어느 섬에 가기 위해
오후 두 시 배를 예약하며

행복해하는 꿈속의 나
먼 곳으로 가니
당일로 와야 하나
하루 자고 와야 하나
내내 고민하다
깨어보니 꿈!

다시 들어가 떠나고 싶은
아름다운 섬나라
거기가 천국인가?

천국 가는 길

어린 시절의 친구는 내게
천국 가는 길을
보여달라고 보챈다
꼭 가르쳐달란다

누구는 죽고
누구는 다치고
계속 우울한 소식만
많이 듣게 되는 나는
그 길을 잘 모르지만
지금부터 연구해보겠다고
허전한 답을 하다
며칠 전에 다른 친구가 보내준
어린 손녀의 사진을 보며
오랜만에 웃어본다
그래 천국 가는 길은

다시 천진한 어린이가 되어
밝게 웃고 맑게 살고
자신을 온전히 내맡기는
믿음을 배우는 거라고
그게 비법인 것 같다고
답을 할까보다

천국 가는 문은 좁은데
욕심 많은 뚱보라서
자기는 못 들어가니
하늘의 흰 구름을
타고 가야 할 것 같다고 해서
걱정 말라고
하느님의 자비로 마지막 그 순간은
홀쭉하고 날씬해질 거라고
친구에게 내가 말하며 웃었다

고백

주님
타고난 좋은 기억력으로
세상에 사는 동안
칭찬을 많이 들었습니다

어디에 무어가 있는지
누구에게 무엇이 필요한지
어찌 그리도 때에 맞게
기억을 잘 하느냐고
기억의 천재가 확실하다고
늘상 놀라워하며 감탄을
많이 하는 이들에게
저는 속으로만 말했지요

좋은 기억력 때문에
오히려 힘들 적도

참 많았다고

다른 이의 사소한 잘못도 용서 못 해

괴로운 순간들이 많았다고

그때는 좋은 기억력이 원망스러웠다고

이리 못나고 소심한 저를

오늘도 살펴주시는

참으로 설명 불가능한

기억의 천재이신 주님

살아갈 날이 얼마 남지 않은

이 세상에서 저는

저의 잘못을 자주 기억하되

남의 잘못은 자주 잊어버려 행복한

순례자로 오늘을 살게 해주시길

부탁드리옵니다

다른 이의 잘못을 너그러이 이해하고

마음에 안 드는 이를 예뻐할 수 있는

대단한 용기가 없다면

사랑에 실패한

기억의 천재일 것입니다

저는 그리 되고 싶지 않으니

살펴주십시오, 부디!

아픈 근황

1

이른 아침부터

바쁘게 일을 하는데

선배 수녀님이

현관 열쇠를 빌리러 왔기에

전해드렸지

다른 한 군데는

아무리 번호를 눌러도

안 열린다 해서

혹시 최근에 바뀐 비번 대신

옛날 번호 누른 건 아니냐고 했더니

맞다 맞다 나는 정말 바보라고 자책했다

우린 바보가 아니라

잠시 착각을 한 것뿐이라고 위로해도

그는 끝내 웃질 않아 슬펐지

2

모처럼 쉬려고 침대에 누웠는데
갑자기 양쪽 허벅지에 쥐가 나니
어찌나 힘이 들고 막막하던지?
말로는 표현이 안 되는 죽음의 순간이었지
자다가 쥐가 나서 잠을 설쳤다는
선배 수녀들의 말을 들어도 그런가보다 했는데
종종 비슷한 현상이 내게 와도
금방 지나가기에 안심했는데
이렇게 오래 힘든 경험은 처음이라
눈물까지 나오고
괜찮아지기까지 기다리는 그 시간이
어찌나 길고 힘들던지!
아무 일 없는 평범한 하루를 더 간절히 그리워했네

행복한 근황

1

우리 동네 국숫집에서 파는
식혜의 맛이 좋아
먹고 또 먹고 하니
집에 와서도
계속 생각이 나네
혀 끝에 감도는
달콤 시원한 맛
전에도 더러 먹었지만
처음으로 발견되는 잘 익은
시간의 맛

2

세계지도 하나
벽에 걸었을 뿐인데
갑자기

세상이 더 가까이 있네
내 마음도 훨씬 더 넓어진 것 같아
환히 웃어보는
나의 오늘을
다시 사랑하네

3
버리기 아까워
이렇게 저렇게 모아둔
병뚜껑들을 정리하다
짝이 맞는 병을 발견하면
하도 기뻐서
나도 모르게
큰 소리의 감탄사가 나오네
서로 맞을 때의 그 완벽함을
무엇으로 설명하면 좋을까

정말로 고마운 마음

광안리에서

날마다
광안리에 살면서
광안리 광안리
수십 년을 외우다보니

넓고 편안한
이름 뜻 그대로
이제는 내 안에도
큰 바다가 펼쳐지네

바다를 바라보고 살아온
60년의 푸른 세월이
감사하고 감사해서
넘실대는 은총이여

수평선을 바라보며

수평선이 되는

무한한 기쁨이여

겨울 일기

몹시 추운 오늘
하늘과 바다는
더욱 푸른빛으로
나를 설레게 하네

학교에서 집에 오다
꽁꽁 언 두 손을 비비며
추워서 울었던
어린 시절의 내가 보이고

수녀원에 와서
마음의 추위를
기도의 난로로 녹이며
기쁘게 살아온 내가 보이고

봄 여름 가을도 아름답지만

겨울은 매운 바람과

모진 추위로

인내의 덕을 키워준

나의 선생님

차갑고도 뜨거운

'계절 수련장'이었지

얼음예찬

언제부터인지
나는 늘
얼음이 좋다

이 세상을 떠나기 전
임종의 머리맡에 있는 이들에게
마지막으로 얼음 한 조각만
입에 넣어달라고
애원하던 한 수녀의
슬프디 슬픈 눈빛이 생각나는 날

자다 말고
한밤중에 일어나
한 조각 얼음을 깨물면서
행복한 이 시간

어린 시절
나의 별명이 한때
'얼음공주'였음을
기억해냈지

지금의 나는
세상의 모든 이를
사랑으로 끌어안는
햇빛공주로 살고 싶은데

얼음을 자주 먹어도
마음엔 햇빛이 살아
뜨거운 얼음공주가 되어야지
두 손 모은다

파김치를 먹으며

파! 라는 단어가 주는 싱싱함
김치! 라는 단어가 주는 다정함

몸이 피곤할 때는
파김치가 되었다는 말도 더러 쓰지만
나는 힘들 적마다
파김치를 먹으면
마음이 싱싱하고
일상이 다정해진다

우리 집 넓은 밭에서
하늘을 이고 줄지어 선
파들의 웃음소리도 생각나
행복해진다

죽어서 다시 사는

부활의 신비를 묵상하며
하얀 쌀밥에
파김치를 얹어 먹는
어느 봄날의 축제여

파밭이 많은 수녀원에서
파처럼 파랗게
살아야겠다

맛동산을 먹으며

누군가 내게
맛동산 과자 스무 개를
생일선물로 보내온 고소한 날

1975년부터 시작된
맛동산을 제작할 땐
음악을 틀어준다더니
겉봉에도 예쁜 음표가 그려져 있네

맛동산을 먹으며
나도 나직이
노래를 불러볼까

기쁨의 맛
감사의 맛
기도의 맛을

어떻게 고소하게 내볼까
궁리를 해야겠네

찾을수록 더 많이 나오는
보물들이 숨어 있는
수도원의 동산에서
나는
눈에 잘 안 띄는
작은 사랑 하나로도
충분히 맛을 내는
맛동산 부자가 되어야겠다

어묵을 보내며

친구야
몸이 아프고 우울하다는 네게
부산어묵을 선물로 보내줄게
우리 집 식탁엔 오늘도
종류별로 어묵이 나왔어
너도 어묵을 먹으면서
잠시나마 위로를 받아보렴
뜨끈한 국물을 마시면서
얼었던 마음을 녹여보렴
어묵은
어떻게 요리를 하든
까다롭질 않아 좋아
수수하게 구수한 모습으로
우리도
어묵 같은 사람이 되어볼까?

우정 일기

팔순을 바라보는 나이에도
나를 늘
꼬마친구라고
서슴없이 불러주는
서울 창경초등학교 시절의
나의 벗 안현숙
보조개가 귀엽고
형용사가 화려한
그의 곁에 있으면
나도 덩달아
여왕이 되는 느낌
— 많은 계단을 올라가면
너의 집에서 어머니가
감자로 맛있게 해놓은
반찬들을 먹기도 했었다
천국같이 아름답던 그때

그때로 다시는 돌아가지는 못하겠지? ―

그녀의 추억담에 등장하는

하늘나라 내 엄마도

문득 보고 싶어 눈물이 나네

엄마의 감자전이 먹고 싶은

비 오는 날 오후

천국에 갈 때

빽 좀 쓰자고 보채는 친구를 위해

나는 좀 더 착하게 살아야겠네

열매를 줍다

하루 종일
무언가를 줍는 날은
행복하다

우리 집 뜨락의
매실 보리수
살구 자두

익고 익어서
저절로 떨어진
자유의 몸짓

누가 안 보는 사이
바람에게만 들키며
살짝 다가가
떨어진 열매를 줍는 날은

괜히 웃음이 난다
누구라도 용서하고 싶어진다

모르는 이들도
정다운 친구로 초대해
잔치를 하고 싶다
살구나무
자두나무 아래서

좋다 좋다 그래 그래

2023년 5월 11일

제26회 가톨릭문학상 수상소감에

딱히 할 말도 적어

어린 시절 내가

습관적으로 손뼉 치며 놀았던

'좋다 좋다'라는 말

가장 최근에 자주 하는

'그래 그래'라는 말로

여생의 영성을 살고 싶다고

나는 말했지

삶을 긍정하고

사람을 사랑하는

그런 마음으로 살고 싶다고!

그 이후로 많은 지인들이

그 말을 따라 하며

삶의 지침으로 삼고 싶다고

어느새 수녀의 따라쟁이가 되었다는

진지한 고백을 하네

갑자기 책임의 무게가 생겨

나는 오늘도

화살 기도처럼 되뇌어보네

좋다 좋다

그래 그래

2부

|

맨발로 잔디밭을

햇빛 일기 2

오늘도
어서 오세요
비 온 뒤에 만나니
더욱 반갑네요

바다 위로
떠오르는 해를 향해
잔뜩 설레는 마음으로
손 흔드는 아침

햇빛으로
얼굴을 씻고
손을 씻고
마음을 씻고
사람들을 만나면

그들도 내게

햇빛으로 웃어줄 것이라

미리 미리

행복합니다

혼자 웃는 날

아무도 몰래
혼자서 가만히
웃어볼 때가 있어요

내가 누구를 진심으로
용서했을 때
본성적으로 화나는 일을
언성 안 높이고
침착하게 참아냈을 때

그리고
먼저 내게 도움을 청하진 않았지만
눈치껏 알아듣고
구체적인 도움으로
어떤 한 사람을
절망에서 희망으로 살려낸

위로천사의 몫을 했을 때

난 스스로 대견해
성당에서 마당에서
혼자 웃어봅니다
하늘에 보화를 쌓는
작은 기쁨은 거저 얻어지는 게 아닌
사랑의 수고임을
오늘도 새롭게 공부하면서!

천국에 대한 생각

하늘에서 숲에서

새들이 노래하고

땅에는 꽃들이 많이 피고

나비가 날아오면

여기가 천국인가

늘

감탄하곤 했지요

그런데

나이를 먹을수록

기억력이 감퇴할수록

내가 나를 알아보고

다른 이를 알아보고

매일매일 함께 사는 기쁨을

새롭게 감사할 수 있으니

여기가 천국인 것 같네요

아주 먼 그 나라는

안 가봐서 모르겠고

지금 여기야말로

미리 누리는 천국이란 생각을 하며

명랑한 웃음을 되찾는 중이에요

참된 위로

굳이
위로라는 말을 강조하진 말고
그냥 그냥 가만히
위로해주길 바라
위로하는 것도
위로받는 것도
너무 강조하거나
소문 내다보면
오히려 부담이 되고
몸도 마음도
피곤해지니까
가만히
있는 듯 없는 듯
위로도 하고
위로도 받는
그런 세상을 그리워하게 돼

나도 지금 내가
무슨 말을 하는지
잘은 모르지만
암튼 그렇다고
병원에 다녀오니
더욱 그런 생각이!

코로나 격리 후기

양성입니다!
듣는 순간부터
내 일상의 기쁨은
길을 잃었지
가만히 있는데
옷이 젖을 만큼 진땀이 나고
조금씩 열이 오르다가
내리기를 반복하네
평소엔 잘 먹던 밥과 반찬도
통 당기질 않고
흥미가 없어지고
약을 먹는 종류가 많아
괜시리 우울해지네
그래도 고마운 건
격리 중에
혼자서

생각할 시간이 많다는 것
나를 돌아볼 수 있는
우두커니의 시간이
반성과 성찰의 기회를 준 것
그래서 코로나도 이제는 그냥
친구라고 불러주기로 마음 먹으니
편안하구나
확진자이니 접촉을 조심하라고
주의를 시키고
다들 나를 피해 다니니
조금은 서운하고 외롭기도 했지만
소외감을 이해하는 데 도움되니
괜찮았다고 인생노트에 적었지
외딴 공간에 홀로 격리된 후
다시 마주하는
내 일상의 장소와 소임을

감동하며 받아안는

눈부신 기적이여

양말을 빨면서

오랜만에
아픈 손가락으로
네 개의 면 양말을 빨면서

평소의 내 걸음걸이
균형이 잘 맞지 않아
보기 싫게 때가 긴
얼룩무늬를 보네

손으로 양말을
계속 비비면서

'긴 시간 걸어오느라 수고했네'
'그래도 살아보려고
애쓴 시간들 고맙네'

나의 두 발에게

밝은 인사라도 하려는데

구겨진 내 양말이

평소에 좀 더 깨끗이 빨고

자주 빨아달라고

볼멘 잔소리를 하네

나의 게으름을

밉지 않게 나무라는

짧은 면 양말

네 켤레

아픈 날의 일기 2

이제는
안 아픈 데보다
아픈 데가 더 많아요

누군가에게
무심히 듣던 말을
내가 먼저 하고 있네

몸에도 길이 많아
때론 콕 짚어
어디가 아픈지 물어도
대답을 못 하는
바보인지도 모르지
어쩌다 한 번씩은
현실과 비현실이
순간적으로 혼미해지는

일종의 섬망 증세도 옵니다

살아 있는 이들보다
죽은 사람들을
더 많이 생각합니다

노년 일기

80을 바라보는 내 나이가
낯이 설고 실감 안 난다고
말은 그리하여도
내가 처한 현실이
솔직하게 그대로 말을
해줍니다

뼈에서는 칼슘이
많이 빠져나가 정상이 아니고
뇌에서는 기억의 기능이 희박해져서
사람과 사물의 이름을 자주 잊어버리고

물건들도 자주 놓치는데다
시간의 개념도 전과 같질 않아
자주 자주 졸게 되고
무어든 다 질서가 없고

혼돈 손에 뒤죽박죽이 된 것 같은
나의 일상을 억지로라도 받아들이며
웃어보려 애쓰지만
이게 쉽질 않아 우울해 있는데

젊은 시절에 찍은
사진 속의 내가 나에게
속삭입니다
'괜찮아요. 자연스런 현상이니
자연스레 받아들이고
그래도 웃으며 살아야죠.'

이별 일기 — 허수녀님께

2020년 6월 1일
부산 영락공원에서
사랑하는 평생지기
도반이고 친구였던
수녀님이 한 줌 재로
변해버린 사실에 놀라
차마 눈물도 나지 않았지요

우리는 아마도
큰 이별을 겪으면서
세상을 배우고
인간을 이해하며
조금씩 철이 드는 건가요?

가장 가까이서 그대를
보살피던 임수녀와

수녀원 산소에서 내려오며
벌써 한 달이야
시간은 빠르기도 하지
우리도 가야 할 길인데
준비를 잘 해야겠지
나직이 이야기하다가
넝쿨장미 아름답던 길에
잠시 멈추어 꽃을 받쳐주던
별 모양의 꽃받침을 봤어요
침묵으로 겸손으로
눈에 안 띄게 숨어 살던
꽃받침을 닮은 수녀님이
내내 부럽답니다

붉은 동백꽃이 떠난 자리엔
동그랗고 반질반질한

열매가 익어가고 있었어요
극심한 고통 속에도
참고 참다 어느 날
한 송이 동백꽃으로
사랑의 순교를 한
무명용사 성인인 그대를
오늘도 사랑합니다
열매를 위해 떨어지는
아픔쯤이야 아무것도
아니란 듯 먼 길 떠난
허금자 글레멘스 수녀님

수녀님을 향한
나의 그리움은
오늘도 장미가 되었다가
동백이 되었다가

때로는 갈피를 못 잡는
하나의 러브레터
언젠가는
다시 만날 날을 꿈꾸는
아름다운 이별 연습!

바람 부는 언덕에서
환히 웃던 그 미소를
기도처럼 기억하며
행복합니다

그리운 나라 1

내가
날마다 그리워하고
보고 싶어하는 이들은
이제 여기보다
저세상에 있는 이들이 많아
하루의 시간 중에
눈물이 고일 때가 많네

아버지 어머니
언니 오빠
시를 가르쳐준 스승들
시를 읽어준 독자들
그리고 먼저 떠나간
수도원의 식구들

가끔은

꿈속에서
그들을 만나
웃는다
이야기도 나눈다

깨고 나면
내가 하루 종일
별이 되어 반짝인다

차갑고 어두워도
마음으로는
늘 따뜻하다고 믿고 싶은
하늘빛 그 나라
아름다운 나라

내 그리운 이들이 살아서

더 가까운 나라

그 나라가 천국임을
나는 다시 다시
믿고 싶네

엄마

기쁠 때

슬플 때

아플 때

그리고

삶이 버겁고

억울한 일 당했을 때

하느님보다

먼저 불러보는

엄마

엄마는 나에게

작은 하느님

구원의 천사임을

하느님도

이해해주실 거라 믿고 싶네

부르는 것 자체로

기도가 되는 엄마

먼저 가신 그 나라에
나도 언젠가는 도착하겠지?
거기 가서도
제일 먼저 불러볼 그 이름
엄마
이 세상에 나를 낳아주시고
저세상으로 떠나신 이후에도
계속 나를
사랑으로 키우고 계신 엄마
나의 엄마

맨발로 잔디밭을

엄마

오늘은

맨발로 잔디밭을 걸으니

꽃밭의 나비들도

저를 눈여겨보구요

엄마가 낳아주고 길러주신

하얀 두 발이

초록의 잔디 위에서

처음 본 듯

아름답게 보였어요

인생여정

사계절의 먼 길을 걸어오느라

수고가 많았다고

잔잔한 미소로

저의 두 발을 향해

인사도 하고 싶네요

나의 취미는

70대를 마무리하는
나의 취미는 글쎄?

그냥 그냥 새롭게
사람들 이름을
몇 번이고 다시 외우는 일이야
외우면서 그를 위해 기도하는 일이야
꽃과 나무와 새들의 이름을
공부하며
잘 기억해두려는 기쁨의 노력이야

더 이상 새 물건을
많이 모으지는 않지만
빈 병 빈 상자
빈 주머니들은
남들이 버리는 것들도

다시 주워다가
거기에 고운 꽃잎, 짧은 시, 성서 구절
묵주, 귀여운 조가비를 넣어
선물하는 나만의 작은 즐거움

눈을 감아도 보이는
사랑하는 이들에게
오늘도
외롭다고 투정하는
선한 이웃에게

무언가
늘 줄 궁리를 하느라
삶이 좀 바쁘고

마음의 서랍 속에서

계획표를 많이 만들어
하루가 느슨할 틈이 없는
그래서 행복한 수녀라고
말하고 싶어

빈 종이에
꽃이나 별 스티커 하나를 붙이고
이름을 써도
그대로 예술이 되는
그런 시간이
나에겐 천사 놀이가 되고
기쁨을 키우는
생활 속의 취미가 되네

최근에 기뻤던 일

누구와

인터뷰하는 자리에서

최근에 기뻤던 일

몇 가지만 말해보라고 했다

글쎄? 하다가

병원에 갔을 때

몇 달간 처방 받은 약을

안 남기고 잘 먹었다면서

평소엔 무뚝뚝한 주치의의

칭찬을 들었을 때

어느 날 강의 후에

길게 줄을 서서

책이나 메모지에

사인을 받아가며

천국 가는 티켓이라도 받은 양

참으로 기뻐하고 소중히 여기는

독자들의 표정을 보았을 때

그리고 거울에 비친 내 얼굴에

노년의 주름살과 저승꽃이

더 많아지긴 했으나

그 아래 숨은 순하고

행복한 표정을 발견했을 때

그리고 또……

계속 발견하는

나의 기쁨 목록들

독을 빼는 일

암과 투병하는
환자로서
수십 년간 약을 먹어
몸 안에 쌓인
독을 빼야 한다고
눈에 안 보여도
고약한 모습의 독이
많이 숨어 있을 거라며
먹는 약을 달여서
누가 보내준다 하니
받을까 말까
독을 빼면 내가 정말
안팎으로 순하고
깨끗해지는 걸까
오늘따라
얼굴이 많이 부어

낯선 내가

거울 속에서

어색하게 웃고 있네

통증 단상 2

앉지도 못하고
눕지도 못하고
서 있기도 힘들 만큼
온몸에 통증이 느껴지는
그런 순간에
내가 할 수 있는
단 하나의 기도는
주님. 자비를 베푸소서!
설명할 수 없는
통증을 견디고 있는
미지의 벗들을 기억하면서
오늘은 자꾸만 눈물이 나네
조금은 겸손해진
나의 뉘우침을
기도의 꽃으로 만들어
그들에게 보내면

위로가 될까

이별학교

요즘 나는
이별학교 학생이 된 것 같네
거의 매일
수도원 게시판에는
여러 종류의 부고가 붙어 있고
기도를 따라 하는 것도
숨이 찰 지경이네
잘 아는 이가 죽었을 때는
설움이 북받쳐
엎디어 울다가
정신 차리고
문득 거울을 보면
퉁퉁 부은 얼굴의 나
슬픔의 우물 속에만
빠져 있진 말고
그래도 아직

살아 있는 다른 이를 위해서
본인 자신을 위해서
일상의 웃음을 찾아야 한다는
어떤 목소리가 들려오네
이별은 나에게
매우 엄격한
인생학교의 선생님
욕심을 비우는 법을
용서를 망설이지 않는 법을
먼저 배우는 게
가장 현명한 사랑이라고
오늘도
무언의 가르침을 주네

정인 수녀님

오래전에

당신이 특별히 좋아하는

어떤 기도문이 갖고 싶대서

한참을 생각하다

어느 책에 끼워둔 쪽지를 찾아 전하니

뛸 듯이 기뻐하며

피조물인 한 인간의 기억력이

이리 대단하다면

이 인간을 만드신 하느님은

얼마나 더 대단한 분이신가

의심 없이 그분의 현존을 믿어야겠다고

신앙고백을 하듯이 진지하게 말하던

우리 수녀님

이제 다시 그때 이야길 나누며

덕담을 나누고 싶어도

더 이상은 대화가 안 되는

치매를 앓고 계시니
길에서 나를 만나도 표정이 없고
무얼 물어도 다 모른다며
공허한 웃음만 날리시네
기억에 고장이 난
선배 수녀님들을
슬프고 아프게 바라보며
그들과의 정겨운 대화로
즐거웠던 옛날을 그리워하는
나의 오늘이 쓸쓸하고 쓸쓸하다

바다 일기

수평선이 보고 싶어

바닷가에 나가

그냥

바다! 라고

가만히 말했을 뿐인데

가슴이 뛰다 못해

눈물이 나네

달려오는 파도에게

그냥

파도야! 라고 불렀을 뿐인데

또 눈물이 나네

집에 돌아와서

왜 그럴까 생각하다

잠이 들었지

꿈결에 흘리는

나의 혼잣말

산다는 게 언제나
끝없는 그리움이어서
그러나 실은
언젠가는 꼭
끝나게 될 그리움이어서
그래서 눈물이 난 것이라고

그리운 나라 2

자나 깨나 앉으나 서나
어머니처럼 그리운 나라를
모국이라 부르는데
두 동강이 나 있는 지도를 보고
우리나라라고 말하다가
슬며시 멋쩍고 놀라는 마음
북쪽에선 북남이라 하고
남쪽에선 남북이라 말하는
우리의 두 나라는
언제 한번 하나 되어
함께 웃어볼 수 있을까
사계절의 강과 산이
소박하게 아름다운 나라에서
하나의 언어를 쓰면서도
서로 다른 모습으로
낯설게 살고 있는 슬픔을

결코 잊으면 안 되는데

누구에게 물어야 할까

어떻게 행동해야 할까

답답할 뿐 답이 없네

기다림에 지쳐 무뎌진 마음에도

이제는 조금씩 눈물이 흐르네

힘든 중에도 우리는

다시 이해하는 사랑을 배우고

다시 화해와 용서를 시작하며

함께 행복하고 싶은데

함께 꿈을 꾸면 이루어질까?

희망의 싹을 틔우다 말고

다시 절망 속으로 내려앉던

그 아픔의 시간들은

어떻게 건져 올릴까

지도에는 금이 가도

마음에는 금이 가지 않게
간절한 기도를 바치는
눈물꽃의 기쁨이여
미움을 사랑으로 바꾸어
언젠가는 꼭 이루어낼
통일의 기쁨이여

꿈 일기 — 카드를 사며

간밤 꿈에
그림이 아름다운 열두 장의 카드를 사며
더 살까 말까 망설이다 눈을 뜨니
아쉬우면서도
행복한 느낌!

고맙다는 말
축하한다는 말
미안하다는 말을
시처럼 적으면서
살아온 날들

내 일생 동안
누군가에게 날아간
사계절의 고운 카드를
그리워하며

다시 보고 싶은 카드 속의 문장들

어느 훗날 나는
존재 자체로 한 장의 카드가 되어
날아갈 준비를 하네
.

더 이상
가게에서 사지 않아도 될
가장 아름다운 카드 한 장으로
나는 어제도 오늘도 그리고 또 내일도
그냥 그냥 기뻤다고 고백하리라

한 장의 러브레터로 살다 갔다고
누군가 그렇게 기억해주길 바란다고!

꿈 일기 2

내가 타기로 한 그 기차는
어디로 사라진 것일까?
나를 기다리지도 않고
매정하게 떠나버렸네
먼저 탄 수녀들이
안타까운 눈길로
나를 바라보는데
깨어보니 꿈!
모처럼 내가 꿈에 본 사람을
보았다고 알리지도 못한 채
그냥 그냥
시간이 가네

슬픈 날 나비에게

나의 백일홍 꽃밭에 날아온

하얀 나비야

머지않아 반갑게 만나자고

약속해놓고

갑자기 세상 떠난

어느 의사의 모습을

생각하고 또 생각하는 오늘

너무 놀라서 눈물도 나지 않네

아빠가 고인이 되었으니

기도해달라는 그의 딸들의

부탁을 받고도

기도가 되질 않네

혈액암으로 힘들고

괴로워하는 환자들을 친절하게 살피고

환자의 입장을 헤아리며 최선을 다한 의사였다는

신문기사를 보면서도 믿기질 않아

이제는 마지막이 되어버린

그의 글을 다시 찾아 읽어보네

'요즘 부쩍 생각나는 누님의 생신을 축하드립니다'

'수녀님의 소포 꾸러미가 종합선물세트네요. 어머
니도 기뻐하십니다'

'저에 대해 궁금해하실 일들은 직접 만나서 얘기할
게요'

오늘따라 너의 고운 춤도

슬프게만 보이는데

하얀 나비야

사람이 갑자기 죽었을 때

남에게 방해 안 되게

혼자서 오래 우는 법을

내게 가르쳐다오

할 말이 너무 없을 때

그래도 기도하는 법을

나에게 꼭 가르쳐다오

뼈아픈 날의 일기

1
이웃을 내 몸같이 여기는
무한대의 사랑을 꿈꾸며
수녀원에 왔는데
갈수록 작아지고 좁아지는
제 모습에 자주 실망합니다

마음이 말을 안 듣고
몸도 말을 안 들을 땐
어떤 기도를 바쳐야 할지 몰라
가끔 우울해집니다

손가락이 아프니 합장도 잘 안 되고
두 무릎이 아프니 장궤도 잘 안 되어
속상하다고 푸념도 해봅니다

제 몸 하나 돌보지 못해

남에게 짐이 되는 노년의 무게를

어찌 감당해야 할지

하루하루가 근심으로 이어지지만

그래도 너무 슬퍼하진 말아야겠지요?

비록 분심 속에 한숨을 쉬더라도

기도를 멈추어선 안 되겠지요?

2

닳고 닳아

기능을 못 해

인공 뼈를 넣은

나의 두 무릎의 뼈들을 향해

어느 순간부터 이상하게 변형돼

통증이 날로 심해지는

내 손가락의 뼈들을 향해

조심조심 부탁을 한다
제발 살아 있는 동안은
더 나빠지지만 말아달라고
그냥 그대로만 있어달라고
살았을 때 삶을 지탱시킨
사랑하는 이들의 뼈가
한 줌 재가 되어 나오던 날들의
그 깊은 슬픔까지 헤아리며
뼈들을 생각하는 나의 나날들
나의 뼈들을
슬프게 아프게 사랑한다
고마운 마음도
늘 잊지 않으면서

채혈 일기

번호표를 빼고

순서를 기다린다

생년월일 확인하고

오른쪽 팔을 편 후

주먹을 꼭 쥐고

눈을 감았다 뜬다

'조금 따끔하실 거예요'

찌르고 나면

쬐그만 병 속에

들어가는 나의 붉은 피

피 안에 들어 있는

여러 종류의 검사 이야기를

담당 의사 통해서 들을 때까지

나는

나의 맑고 밝고 투명한 피를

생각하고 또 생각한다

장미 향기를 넣어

다시 사랑하는

나의 생명 한 방울!

잠에게

오늘도 더 새롭게

잠이 좋아요

잠을 사랑해요

때로는 방에

불을 켜놓은 채로

당신의 초대에

마음 준비할 겨를도 없이

잠의 나라로 깊이 들어갑니다

그 나라에서

꿈꾸는 사랑

꿈꾸는 평화

불러모으는 희망

잠이여

당신은 나에게

참으로 고마운 은인

구원의 집입니다

노년의 기도 일기

내 마음을
마음대로 다스릴 수 없을 때
너무 힘들어 하늘을 보았어요

내 몸을
자유롭게 움직일 수 없을 때
너무 힘들어 하늘을 보았어요

누가 무어라고 하는 것도 아닌데
괜히 허무하고
괜히 서운하고
그래서

이유 없는 원망을 조금씩 키웠어요

일상의 길 위에서

사람보다는

꽃과 새와 나비와

더 친해졌지만

이제는

스스로를 외톨이로 만들지 말고

사람들과 더 친해져야지

먼저 사랑해서

오래 사랑받아야지

밝고 맑은 결심을 세우며

푸른 하늘 올려다보니

참으로 행복합니다. 새롭게!

작은 결심

세상에 머물
생의 길이가
조금씩 더 짧아질수록

나는
마음의 날씨를
밝게 가꾸고
변덕을 피해야겠다

사랑의 폭을
관대함으로
넓혀가야겠다

새롭게 만나는
시간의 결을
조심조심

맑고 곱게
가꾸어가야겠다

그리고
기도의 지향을
단순하게 정해야겠다
오늘은
이 결심만으로도
충분하고 충분하다

눈물 한 방울 ─ 어머니 선종 16주기에

사랑하는 내 어머니가
이 세상을 떠나신 후
16주기인 오늘
2023년 9월 8일
기도를 시작하기 전
눈 속에 마음속에 맺힌
눈물 한 방울이
없어지질 않네
다시 진주가 될 때까지
나는 지상의 길을
열심히 걸어야 하네
'수녀, 잘 있지?' 하는
어머니의 물음에
'그럼요. 잘 있고말고요.
남겨주신 사랑을
조금씩 조건 없이 나누다가

어느 땐 저의 이기심으로

삶이 고달플 적도 있지만

행복하게 지내고 있답니다'

하늘에는 오늘따라

어머니를 닮은

솜사탕 흰 구름이

계속 나를 따라오네

나도 누군가의 솜사탕으로

하늘에 뜨고 싶은 고운 가을날

식물원 일기

내 글방 앞엔
아주 작은 식물원이 있는데
두 개만 소개할게요

1. 만세선인장

몇 년 전에 어느 독자가
소포로 보내준 만세선인장이
이제는 작은 화분에서
큰 화분으로 옮겨진 후
어찌나 탄탄하게
푸른 생명력을 자랑하는지
오늘도 만세를 부르는 선인장과 함께
나는 나만 아는
인내의 순간이 맺어준
승리의 노래로

만세를 부릅니다

2. 행운목

2014년 봄

침몰하는 세월호의 배에서

기적적으로 살아남은 이들 중

두 소녀가

2021년 봄

기도에 감사하다는 뜻으로

수녀원에 들고 온 조그만 행운목이

날마다 싱싱하게

말을 걸어옵니다

다시는 살아오지 못한 친구들을 위하여

살아 있어도 끝나지 않는 슬픔 속에

눈물 흘리는 생존자들을 위하여

행운목은 오늘도

나의 창가에서

초록의 잎사귀를 넓히며

기도 손을 하고 있습니다

3부

좀 어떠세요?

싱겁게 더 싱겁게

짜지 않게
맵지 않게
넘치지 않게
음식을 먹으라는
주의 사항

실천이 쉽지 않아도
마음먹고
자꾸만 연습하다보니

글도 싱겁게 쓰고
말도 싱겁게 하고
용서도 싱겁게 하네

사람을 대하는 일에서도
짜지 않게

맵지 않게

넘치지 않게

자신을 다스려가면

극적인 재미는 덜해도

담백해서 오래가는

평화가 오네

병원에서

환자가 된 어느 날부터는
맥박 호흡 체온 혈압이
정상으로 나오는 걸
새롭게 자축하기로 했다

병원에서는
당연한 것이
당연한 것이 아님을
새롭게 배우게 되지

아무 일도 일어나지 않고
하루를 보내는 것이
얼마나 놀랍고
멋진 행복인지
누가 말 안 해도
스스로 깨닫게 되지

두 손 모아

아주 간절히 감사하고

기도하는 법을

배우게 되지

좀 어떠세요?

좀 어떠세요?
누군가 내게 묻는
이 평범한 인사에 담긴
사랑의 말이
새삼 따뜻하여
되새김하게 되네

좀 어떠세요?
내가 나에게 물으며
대답하는 말
'몸은 힘들어도
마음은 평온하네요'

좀 어떠세요?
내가 다른 이에게
인사할 때에는

사랑을 많이 담아
이 말을 건네리라

다짐하고 연습하며
빙그레 웃어보는 오늘

살아서 주고받는
인사말 한마디에
큰 바다가 출렁이네

아픈 날의 기도

하느님
오늘은
제가 많이 아파서
기도를 못 했습니다

좋은 생각도 못 하고
내내 앓기만 했습니다
몸이 약해지면
믿음은 더 튼튼해질 법도 한데
아직은 그저
두려울 뿐입니다
사람들이 건네주는 위로의 말에
네 네
밝게 응답하고도
슬며시 슬픔 속으로 빠져듭니다

그래도 제가 부를

처음과 마지막의 그 이름은

오직 당신뿐임을

당신은 아시지요? 하느님

아픈 이들을 위해

몸 마음이 아파서
외롭고 우울한 이들 위해
오늘은 무릎 꿇고 기도합니다

고통을 더는 일에
필요한 힘과 도움 되지 못하는
미안함 부끄러움
면목없음 안타까움
그대로 안고 기도합니다

정작 위로가 필요할 땐 곁에 없고
문병을 가서는 헛말만 많이 해
서운할 적도 많았지요?

'자비를 베푸소서!' 외우는데
눈물이 앞을 가리네요

이 가난하지만 맑은 눈물

작은 위로의 기도로 받아주시면

제게도 작은 위로가 되겠습니다

마음이 아플 때

몸이 아플 땐
먹는 약도 있고
바르는 약도 있는데

마음이 아플 땐
응급실에 갈 수도 없고
기도밖엔 약이 없네

누구를 원망하면
상처가 된다는 것을 알기에
가만히 가만히
내가 나를 다독이며
기다리다보면
조금씩 치유가 되지
슬그머니 아픔이 사라지지

세월이 나에게 준

선물임을

다시 기뻐하면서

통증 단상 1

하늘은 푸른데
나는 아프다

꽃은 피는데
나는 시든다

사람들은 웃는데
나는 울고 있다

어디에 숨을 수도 없는
이내 들키고야 마는
오늘의 나

내가 아픈 것을
사람들이
보지 말았으면 좋겠다

그래도 아직
살아 있음을 기뻐하라고?

맞는 말인데
너무 아프니까
자꾸 눈을 감게 돼
옆 사람의 도움도 물리치게 돼

누구는 가슴이 아프고
누구는 머리가 아프고
또 누구는 장과 간이 아프고
누구는 뼈가 무너지듯 아프고
아픈 곳이 다르니
통증도 다른데
나중엔 약도 도움이 되질 못하지

그냥 힘들게 바라만 볼 뿐
그 누구도 아픈 이를
도와주질 못하지

이제
몇 사람은 먼저 세상을 떠났으니
얼마나 아팠느냐고
물어볼 수도 없네

그들을 생각하며
나는 또 눈을 감는다, 괴롭게!

낯설다

나는 많이 아파
종일 누워 있는데
창밖의 햇살은 눈부시고
새들의 노랫소리
그칠 줄 모르니
낯설다

너무 힘들어
문득 죽음이란 단어를
떠올리며 눈물 글썽이는데
무에 그리 즐거운지
웃고 떠드는 사람들
낯설다

삶이 외롭다는 생각을
하고 있는데

나를 찾아와서

자꾸 무언가를 부탁하는

착한 사람들

오늘따라 매우 야속하다

낯설다

이별의 아픔

병들어 베어버린
나무 한 그루
다시 보고 싶어
밤새 몸살하며 생각했지

지상의 나무 한 그루와의 작별도
이리 서러운데
사랑하던 한 사람이
세상을 떠나고 나면
그 슬픔 감당하기
얼마나 힘든 건지!

너무 쉽게
잊으라고 말하는 건
아닌 것 같아
산 사람은 살아야 하니

빨리 잊을수록 좋다고

세월이 약이라고

옆에서 자꾸 독촉하면

안 될 것 같아

사랑하는 이를

저세상으로 보내놓고도

곧 그가 다시 돌아올 것만 같아

내내 아파하는 이들에겐

마음껏 그리워하라고 말하는 게

더 아름다운 위로가 아닐까

오늘은 그런 생각을 해

눈물의 만남

내가 몸이 아플 때
흘린 눈물과
맘이 아플 때
흘린 눈물이
어느새
사이좋은 친구가 되었네

몸의 아픔은 나를
겸손으로 초대하고
맘의 아픔은 나를
고독으로 초대하였지

아픔과 슬픔은
내치지 않고
정겹게 길들일수록
나의 행복도

조금씩 웃음소리를 냈지

상처의 교훈

마주하긴 겁이 나서
늦게야 대면하는
내 몸의 상처

상처는 소리 없이 아물어
마침내 고운 꽃으로 앉아 있네
아프고 괴로울 때
피 흘리며 신음했던 나의 상처는
내 마음을 넓히고
지혜를 가르쳤네

형체를 알 수 없는
마음의 상처를
다스리지 못해 힘들었던 날들도
이제는 내가
고운 꽃으로 피워낼 수 있으리

퇴원 후에

숨을 쉬는 것
걸어 다니는 것
밥을 먹는 것

극히 평범하게 했던 일들을
내가 다시 할 수 있다는 것이
가장 큰 기적의 선물로
놀라움으로 다가오네요

내가 생시에도 아프고
꿈길에서도 아프고
그래서 죽음을 자주 생각한 것을
모르는 친지 이웃이
회복기에 있는 나를
웃으면서 축하해주니
낯설었던 세상이

조금 더 정다워지네요

입원 퇴원을 반복하는
환자들에게
지혜로운 인사말을 하기가
쉽지 않음을
나날이 절감하네요

슬픈 사람들에겐

슬픈 사람들에겐
너무 큰 소리로 말하지 말아요
마음의 말을 은은한 빛깔로 만들어
눈으로 전하고
가끔은 손잡아주고
들키지 않게 꾸준히 기도해주어요

슬픈 사람들은
슬픔의 집 속에만
숨어 있길 좋아해요
너무 나무라지 말아요
훈계하거나 가르치려 들지 말고
가만히 기다려주는 것도 위로입니다

그가 잠시 웃으면 같이 웃어주고
대책 없이 울면 같이 울어주는 것도 위로입니다

위로에도 인내와 겸손이 필요하다는 걸

우리 함께 배워가기로 해요

위로의 방법

아픈 사람 앞에서
아픈 얘긴
너무 많이 하지 말아요

기도도 큰 소리 내지 말고
그냥 속으로만
해주는 게 더 편할 적도 있습니다

좋은 약 좋은 음식
죽음 준비에 대한 말도
너무 많이는 말고
그냥 정도껏만 해주셔요

환자들은 오히려
밝은 이야기가 듣고 싶답니다

문병 와서

정 할 말 없으면

약간 어색해도

미소 지으려 애쓰며

그냥 가만히 있는 것도

위로의 좋은 방법인 것 같답니다

위로자의 기도

제가 아픈 것을 보고
누군가 작은 위로를 받는다면
그것도 좋아요
말로 하는 힘없는 위로보다
더 좋아요

저의 아픔에 대한 두려움을
아직은 극복을 못 했지만
아픈 사람을 조금만 덜 아프게
슬픈 사람을 조금만 덜 슬프게
도와줄 수 있는
어떤 힘을 제게 주세요

큰 능력이 아니라도 좋으니
저만 아는 사랑의 비결로
진정한 위로를 줄 수 있고

순간 치유라도 할 수 있는

마법사가 꼭 되게 해주세요, 하느님

햇빛 일기 1

오늘도
한줄기 햇빛이
고맙고 고마운
위로가 되네

살아갈수록
마음은 따뜻해도
몸이 추워서
얼음인 나에게

햇빛은
내가
아직 가보지 않은
천상의
밝고 맑은 말을
안고 와

포근히
앉아서
나를 웃게 만들지

또
하루를
살아야겠다

새로운 맛

물 한 모금
마시기 힘들어하는 내게
어느 날
예쁜 영양사가 웃으며 말했다

물도 음식이라 생각하고
아주 천천히 맛있게
씹어서 드세요

그 후로 나는
바람도 햇빛도 공기도
음식이라 여기고
천천히 씹어 먹는 연습을 한다

고맙다고 고맙다고
기도하면서

때로는 삼키기 어려운 삶의 맛도

씹을수록 새로운 것임을

다시 알았다

환자의 편지

아픈 것이
축복이라고
때가 되면
내가 직접 말할 테니
그대가
앞질러 미리미리
강조하진 마세요

아픈 것도
섭리로 알고
신앙 안에서
잘 참아야 한다는 말도
너무 많이 하진 마세요

내가 처음으로 아프면서
처음으로 새롭게 다가온

위로라는 말

용서라는 말

기도라는 말

참으로 의미 있어

그 뜻을 되새김하고 있지만

아프면 아플수록

가벼운 말보다는

침묵이 더 좋아져요

가만히 음악을 듣고 싶어요

좋은 방법이 아니라지만

그냥 혼자서

숨고 싶을 때가 많아요

몸이 아프면

마음도 생각도

같이 아파져서

남몰래 울거든요

잠이 오지 않아

괴롭거든요

남의 말을 모두 다

겸손하고 순하게

사랑으로 듣기 위해선

용기를 키우는 시간이 필요해요

마음을 넓히는 시간이 필요해요

그러니 건강한 당신

나를 염려해주는 당신

지나친 사랑도

때론 약이 되질 못하니

아주 조금만 나를 내버려두면

안 될까요?

오늘도 많이 감사합니다
사랑의 잔소리를 사랑으로 듣지 못한
나의 잘못을 용서하세요
각자의 마음 아름답게 정리하여
환히 웃는 얼굴로
다시 만납시다, 우리

환자의 기도

주님
제가 아프기 전에는
당신을 소홀히 하다가
이렇게 환자가 되어서야
열심히 당신을 부르는 제 모습이
비겁하고 부끄럽고 염치없어
숨고 싶을 때가 많습니다

그래도
용서해주시리라 믿고
더 열심히 당신을 부릅니다
오직 당신께 매달릴 수밖에 없는
저의 나약하고 부서진 모습을
가엾이 여겨주십시오

전에는 느끼지 못했던

두려움, 불안, 고독이
밤낮으로 저를 휘감을 때면
저 자신이 낯설고
세상과 가족과 이웃도 낯설고
그래서 힘이 듭니다

하루가 시작되는 아침이 오면
또 하루를 어찌 견디나 힘겨워하고
하루를 마감하는 밤이 되면
잠을 설치며 또 다음 날 걱정하는
어리석은 저에게

다시 감사할 수 있는 용기를 주시고
다시 기뻐할 수 있는 지혜를 주시고
다시 기도할 수 있는 믿음을 주시고
저 자신을 받아들이는

인내를 주십시오

저를 담당하는 의사와 간호사들을
단순한 마음으로 신뢰하고
저를 돌보아주는 보호자인 가족과
간병인들에게
고마워하는 마음 잃지 않게
해주십시오

그래서 제가 아프기 전보다
더 겸손하게 사랑을 넓혀가는
성숙한 사람으로 거듭날 수 있도록
도와주십시오

간병인의 기도

주님
제가 돌보는 환자의 모습에서
당신을 볼 수 있게 하소서

그의 아픔을 저의 아픔으로 여기는
따스한 사랑과
그가 필요한 것을 부탁하기 전에
먼저 헤아려 도울 수 있는
민첩한 지혜를 주소서

때로 환자가 화를 내고
짜증을 내서 저를 힘들게 하더라도
인내할 수 있는 넓은 마음
연민의 마음을 지닌
위로자가 되게 하소서

환자가 하는 이야기를
끝까지 잘 들어주고
어떤 경우에도 함부로 말하지 않도록
도와주소서

의사와 환자 사이에
어떤 오해나
불협화음이 생기지 않도록
중간 역할을 잘할 수 있는
분별력을 주소서

자다 깨나 앉으나 서나
늘 기도를 멈추지 않는
치유의 협력자가 될 수 있도록
도움의 은총 베풀어주옵소서

저는 천사가 아니어도 좋으니
주님, 부디 저를 통하여 환자가
조금만 더 편하게 웃을 수 있고

더 나아가 당신을
전보다 많이 사랑하게 된다면
더 이상 바랄 것이 없겠습니다

의사의 기도

생명의 주님
오늘 하루도
저의 환자들을
잘 돌볼 수 있게 도와주십시오

환자와 보호자가 묻는 말에
그들이 기대하는
완전한 대답을 못 하더라도
제가 할 수 있는 최선을 다해서
조금 더 친절하게
조금 더 따뜻하게 대할 수 있는
지혜와 인내와 용기를 주십시오

의사의 하루도
때로는 힘들고 피곤하다는 걸
다른 이들은 자주 잊어버립니다

그들은 저에게 슈퍼맨을 기대합니다
실은 저의 탓도 아닌데
상태가 나빠지면 따지려 들고
죽은 사람 살려내라 떼를 쓰면
매우 슬프고 당황스럽습니다

그래도 저는
치유의 손길로
생명을 살리는 일에
헌신하고 있고
많은 이를 살려낸 기쁨도 있으니
감사해야겠지요

아무나 갈 수 없는
의사의 길을
날마다 새롭게

떠나려 하오니
축복하여주십시오

당신 친히
사랑 가득한 치유의 손길로
저를 통해 환자들에게
새 힘을 주시고
치유해주시기를
겸허히 두 손 모아
기도드립니다

약 먹을 때 하는 기도

언제부터인지 날마다 약을 복용하는 환자가 되면서
저는 약 이름도 많이 알게 되었습니다.
모양과 빛깔도 다양한 약을 깊이 감상할 틈도 없이
습관적으로 먹곤 합니다.
약 안 먹는 사람들을 늘상 부러워하며 말했습니다.
'약을 안 먹고 살 수 있다면 얼마나 좋을까?'
약을 먹다가도 시시로 푸념하곤 했습니다.
'이 약을 먹었다고 내 건강이 좋아지기나 하는 걸까?'
먹기도 전에 약이 주는 부작용을 상상하며
앞질러 걱정하고 두려워하는 제 모습을 봅니다.
그러나
실은 아직 살아서 약을 먹을 수 있음을
새롭게 감사해야 할 것입니다.
심사숙고하여 내 몸에 맞게 골고루 처방을 내려준
의사 선생님께도 감사해야 할 것입니다.
때마다 약을 챙겨주는 가족과 친지들에게도

고마운 마음 잊지 않으려
오늘은 겸손히 마음을 모읍니다.

사랑과 치유의 하느님
제가 여러 종류의 약을 먹을 때마다
약을 만든 사람들을 기억하며
믿음과 신뢰 속에 감사하게 하소서.

제가 먹은 약들이
제 몸속에서 길을 잘 찾아 좋은 역할을 하게 도와주시고
저도 살아 있는 동안 누군가에게
희망을 주는 약이 되게 하소서.

아픈 날의 일기 1

돌부리에 걸려 넘어져
무릎과 이마를 다친
어느 날 밤

아프다 아프다
혼자 외치면서
정신이 번쩍 들었습니다

편할 때는 잊고 있던
살아 있음의 고마움
한꺼번에 밀려와
감당하기 힘들었지요

자기가 직접 아파야만
남의 아픔 이해하고
마음도 넓어진다던

그대의 말을 기억하면서
울면서도 웃었던 순간

아파도 외로워하진 않으리라
아무도 모르게 결심했지요

상처를 어루만지는
나의 손이 조금은 떨렸을 뿐
내 마음엔 오랜만에
환한 꽃등 하나 밝혀졌습니다

고맙다는 말

사랑하는 친구야
네가 내게
고맙다는 말을
되풀이할 적마다
내 마음엔
기쁨의 폭포 하나 생기고
그 위로 무지개가 뜨네

내가 너에게
고맙다는 말을
되돌려 줄 적마다
오랜 시간 봉오리로 닫혀 있던
한 송이 꽃의 문이 열리는
황홀함을 맛본다고 했지?
말로는 다 표현을 못 한다고 했지?
세상에 살아 있는 동안

우리 그냥

오래오래

고맙다는 말만 하고 살자

이 말 속에 들어 있는

사랑과 우정

평화와 기도를

시들지 않는 꽃으로 만들자

죽어서도 지지 않는

별로 뜨게 하자

사랑하는 친구야

4부

촛불 켜는 아침

가을 편지

1
그 푸른 하늘에
당신을 향해 쓰고 싶은 말들이
오늘은 단풍잎으로 타버립니다

밤새 산을 넘은 바람이
손짓을 하면
나도 잘 익은 과일로
떨어지고 싶습니다
당신 손안에

2
호수에 하늘이 뜨면
흐르는 더운 피로
유서처럼 간절한 시를 씁니다

당신의 크신 손이
우주에 불을 놓아
타는 단풍잎

흰 무명옷의 슬픔들을
다림질하는 가을

은총의 베틀 앞에
긴 밤을 밝히며
결 고운 사랑을 짜겠습니다

3
세월이 흐를수록
드릴 말씀은 없습니다

옛적부터 타던 사랑

오늘은 빨갛게 익어
터질 듯한 감홍시

참 고마운 아픔이여

4
이름 없이 떠난 이들의
이름 없는 꿈들이
들국화로 피어난 가을 무덤가

흙의 향기에 취해
가만히 눈을 감는 가을

이름 없이 행복한 당신의 내가
가난하게 떨어져 누울 날은
언제입니까

5

감사합니다, 당신이여
호수에 가득 하늘이 차듯
가을엔 새파란 바람이고 싶음을,
무량無量한 말씀들을
휘파람 부는 바람이고 싶음을
감사합니다

6

당신 한 분 뵈옵기 위해
수없는 이별을 고하며 걸어온 길
가을은 언제나
이별을 가르치는 친구입니다

이별의 창을 또 하나 열면
가까운 당신

7
가을에 혼자서 바치는
낙엽빛 기도

삶의 전부를 은총이게 하는
당신은 누구입니까

나의 매일을
기쁨의 은방울로 쩔렁이는 당신
당신을 꼭 만나고 싶습니다

8
가을엔 들꽃이고 싶습니다
말로는 다 못 할 사랑에
몸을 떠는 꽃

빈 마음 가득히 하늘을 채워
이웃과 나누면 기도가 되는

숨어서도 웃음 잃지 않는
파란 들꽃이고 싶습니다

9
유리처럼 잘 닦인 마음밖엔
가진 게 없습니다

이 가을엔 내가
당신을 위해 부서진
진줏빛 눈물

당신의 이름 하나 가슴에 꽂고
전부를 드리겠다 약속했습니다

가까이 다가설수록
손잡기 어려운 이여
나는 이제 당신 앞에
무엇을 해야 합니까

10
이끼 긴 바위처럼
정답고 든든한 나의 사랑이여

당신 이름이 묻어오는 가을 기슭엔
수만 개의 흰 국화가 떨고 있습니다
화려한 슬픔의 꽃술을 달고
하나의 꽃으로 내가 흔들립니다

당신을 위하여

소리 없이 소리 없이
피었다 지고 싶은

11
누구나 한 번은
수의를 준비하는 가을입니다

살아온 날을 고마워하며
떠날 채비에
눈을 씻는 계절

모두에게 용서를 빌고
약속의 땅으로 뛰어가고 싶습니다

12
낙엽 타는 밤마다

죽음이 향기로운 가을

당신을 위하여

연기로 피는 남은 생에

살펴주십시오

죽은 이들이 나에게

정다운 말을 건네는

가을엔 당신께 편지를 쓰겠습니다

살아남은 자의 카랑카랑한 목소리로

아직은 마지막이 아닌

편지를 쓰겠습니다

촛불 켜는 아침

밭은기침 콜록이며
겨울을 앓고 있는 너를 위해
하얀 팔목의 나무처럼
나도 일어섰다

대신 울어줄 수 없는
이웃의 낯선 슬픔까지도
일제히 불러모아
나를 흔들어 깨우던
저 바람 소리

새로 태어나는 아침마다
나는 왜 이리 목이 아픈가

병상 일기 1

아플 땐 누구라도
외로운 섬이 되지

하루 종일 누워 지내면
문득 그리워지는
일상의 바쁜 걸음
무작정 부럽기만 한
이웃의 웃음소리

가벼운 위로의 말은
가벼운 수초처럼 뜰 뿐
마음 깊이 뿌리내리진 못해도
그래도 듣고 싶어지네

남들 보기엔
별것 아닌 아픔이어도

삶보다는 죽음을
더 가까이 느껴보며
혼자 누워 있는 외딴 섬

무너지진 말아야지
아픔이 주는 쓸쓸함을
홀로 견디며 노래할 수 있을 때
나는 처음으로
삶을 껴안는 너그러움과
겸허한 사랑을 배우리

병상 일기 2

이만큼 어른이 되어서도
몹시 아플 땐
"엄마" 하고 불러보는
나의 기도

이유 없이 칭얼대는 아기처럼
아플 땐
웃음 대신 눈물 먼저 삼키는
나약함을
하느님도 이해해주시리라

열꽃 가득한
내 이마를 내가 짚어보는
고즈넉한 오후

잘못한 것만

많이 생각나

마음까지 아프구나

창밖의 햇살을 끌어다

이불로 덮으며

나 스스로

나의 벗이 되어보는

외롭지만 고마운 시간

병상 일기 3

사람들이 무심코 주고받는
길 위에서의 이야기들
맛있다고 감탄하며
나누어 먹는 음식들
그들에겐 당연한데
나에겐 딴 세상 일 같네

누구누구를 만나고
어디어디를 가고
무엇무엇을 해야지
열심히 계획표를 짜는 모습도
낯설기만 하네

얼마간 먼 곳에
여행을 다녀오기로 했다며
전화를 거는 친구의 목소리도

그리 반갑지가 않고
밑도 끝도 없이 야속한 생각이 드니
이를 어쩌지?

아프고 나서
문득 낯설어진 세상에
새롭게 발을 들여놓고
마음을 넓히는 일이
사랑의 의무임을
다시 배우네

슬픈 날의 편지

모랫벌에 박혀 있는
하얀 조가비처럼
내 마음속에 박혀 있는
정체를 알 수 없는
어떤 슬픔 하나
하도 오래되어 정든 슬픔 하나는
눈물로도 달랠 길 없고
그대의 따뜻한 말로도
위로가 되지 않습니다
내가 다른 이의 슬픔 속으로
깊이 들어갈 수 없듯이
그들도 나의 슬픔 속으로
깊이 들어올 수 없음을
담담히 받아들이며
지금은 그저
혼자만의 슬픔 속에 머무는 것이

참된 위로이며 기도입니다

슬픔은 오직

슬픔을 통해서만 치유된다는 믿음을

언제부터 지니게 되었는지

나도 잘 모르겠습니다

사랑하는 이여

항상 답답하시겠지만

오늘도 멀찍이서 지켜보며

좀 더 기다려주십시오

이유 없이 거리를 두고

그대를 비켜가는 듯한 나를

끝까지 용서해달라는

이 터무니없음을 용서하십시오

사라지는 침묵 속에서

꽃이 질 때

노을이 질 때

사람의 목숨이 질 때

우리는 깊은 슬픔 중에서도

삶을 이해하고 받아들이는

지혜를 배우고

이웃을 용서하는

겸손을 배우네

노래 부를 수 없고

웃을 수 없는 침묵 속에서

처음으로 진지하게

기도를 배우고

자신의 모습을 깊이 들여다보는

진실을 배우네

모든 것이 사라지는

고요하고 고요한 찰나에

더디 깨우치는

아름다운 우매함이여

비가 전하는 말

밤새
길을 찾는 꿈을 꾸다가
빗소리에 잠이 깨었네

물길 사이로 트이는 아침
어디서 한 마리 새가 날아와
나를 부르네
만남보다 이별을 먼저 배워
나보다 더 자유로운 새는
작은 욕심도 줄이라고
정든 땅을 떠나
힘차게 날아오르라고
나를 향해 곱게 눈을 흘기네

아침을 가르는
하얀 빗줄기도

내 가슴에 빗금을 그으며
전하는 말

진정 아름다운 삶이란
떨어져내리는 아픔을
끝까지 견뎌내는 겸손이라고–

오늘은 나도 이야기하려네
함께 사는 삶이란 힘들어도
서로의 다름을 견디면서
서로를 적셔주는 기쁨이라고–

물망초

오직
나를 위해서만 살아달라고
나를 잊어선 안 된다고
차마 소리 내어
부탁하질 못하겠어요

죽는 날까지
당신을 잊지 않겠다고
내가 먼저 약속하는 일이
더 행복해요

당신을 기억하는
생의 모든 순간이
모두가 다
꽃으로 필 거예요
물이 되어 흐를 거예요

당신을 사랑합니다

바닷가에서

오늘은
맨발로
바닷가를 거닐었습니다

철썩이는 파도 소리가
한 번은 하느님의 통곡으로
한 번은 당신의 울음으로 들렸습니다

삶이 피곤하고
기댈 데가 없는 섬이라고
우리가 한 번씩 푸념할 적마다
쓸쓸함의 해초도
더 깊이 자라는 걸 보았습니다

밀물이 들어오며 하는 말
감당 못 할 열정으로

삶을 끌어안아보십시오
썰물이 나가면서 하는 말
놓아버릴 욕심들은
미루지 말고 버리십시오

바다가 모래 위에 엎질러 놓은
많은 말을 다 전할 순 없어도
마음에 출렁이는 푸른 그리움을
당신께 선물로 드릴게요

언젠가는 우리 모두
슬픔이 없는 바닷가에서
하얗게 부서지는 파도로
춤추는 물새로 만나는 꿈을 꾸며
큰 바다를 번쩍 들고 왔습니다

어떤 보물

세상에서 다 드러내놓고
말하지 못한
내 마음속의 언어들

깨고 나서
더러는 잊었지만
결코 잊고 싶지 않던
가장 선하고 아름다운 꿈들
모르는 이웃과도 웃으며
사랑의 집을 지었던
행복한 순간들

속으로 하얀 피 흘렸지만
끝까지 잘 견디어
한 송이 꽃이 되고
열매로 익은 나의 고통들

살아서도 죽어서도

나의 보물이라

외치고 싶어

그리 무겁진 않으니까

하늘나라 여행에도

꼭 가져가고 싶어

꽃의 말

고통을 그렇게
낭만적으로 말하면
나는 슬퍼요

필 때도 아프고
질 때도 아파요

당신이 나를 자꾸
바라보면 부끄럽고
떠나가면 서운하고
나도 내 마음을
모를 때가 더 많아
미안하고 미안해요

삶은 늘 신기하고
배울 게 많아

울다가도 웃지요

예쁘다고 말해주는
당신이 곁에 있어
행복하고 고마워요

앉아서도 멀리 갈게요
노래를 멈추지 않는 삶으로
겸손한 향기가 될게요

여정

태어나면서부터
나는 순례자

강원도의
높은 산과
낮은 호숫가 사이에서
태어났으니
나의 여정은 하루하루
산을 오르는 것과 같았고
물 위를 걷는 것과 같았네

지금은
내 몸이 많이 아파
삶이 더욱 무거워졌지만
내 마음은
산으로 가는 바람처럼

호수 위를 나르는 흰 새처럼

가볍기만 하네

세상 여정 마치기 전

꼭 한 번 말하리라

길 위에서 만났던 모든 이에게

가만히 손 흔들며 말하리라

울어야 할 순간들도

사랑으로

받아안아

행복했다고

고마웠다고

아름다웠다고……

* 시 치료 워크숍에서 적은 시(2010. 7. 12)

인생학교

"의도되지 않았던 상처와
고통의 상형문자를"*
날마다 새롭게 풀어서 읽어내는
인생 학교의 수험생이지, 나는

열심히 해독하려
애쓰면 애쓸수록
고통은 늘어나고
삶은 더욱 복잡해져
나는 그냥
철모르는 어린이처럼
단순해지기로 했지

상처와 고통을
정겨운 친구로
껴안는 연습을 하다보니

어느 날 고통은

축복의 별이 되어

내 마음의 하늘에

환히 떠 있었지

나는 자꾸 눈물이 났지

* 페샤 거틀러(Pesha Gertler)의 시 「The Healing Time」 첫 구절에서 모티브
를 받아 적은 시.

눈물의 힘

내가 세상과
영원히 작별하는 꿈을 꾸고
울다가 잠이 깬 아침

눈은 퉁퉁 붓고
몸은 무거운데
눈물이 씻어준
마음과 영혼은
맑고 평화롭고
가볍기만 하네

창밖에서 지저귀던
새들이 나에게
노래로 노래로
말을 거는 아침

미리 생각하는 이별은
오늘의 길을
더 열심히 가게 한다고
눈물은 약하지 않은 힘으로
나를 키운다고……
힘이 있다고

비 오는 날의 일기

1
비 오는 날은
촛불을 밝히고
그대에게 편지를 쓰네

습관적으로 내리면서도
습관적인 것을 거부하며
창문을 두드리는 빗소리

그대에게
내가 처음으로 쓰고 싶던
사랑의 말도
부드럽고 영롱한 빗방울로
내 가슴에 다시 파문을 일으키네

2

빨랫줄에 매달린
작은 빗방울 하나
사라지며 내게 속삭이네

혼자만의 기쁨
혼자만의 아픔은
소리로 표현하는 순간부터
상처를 받게 된다고
늘 잠잠히 있는 것이 제일 좋으니
건성으로 듣지 말고 명심하라고
떠나면서 일러주네

3

너무 목이 말라 죽어가던
우리의 산하

부스럼 난 논바닥에
부활의 아침처럼
오늘은 하얀 비가 내리네

어떠한 음악보다
아름다운 소리로
산에 들에
가슴에 꽂히는 비

얇디얇은 옷을 입어
부끄러워하는 단비
차갑지만 사랑스런 그 뺨에
입 맞추고 싶네

우리도 오늘은
비가 되자

사랑 없어 거칠고
용서 못 해 갈라진
사나운 눈길 거두고
이 세상 어디든지
한 방울의 기쁨으로
한 줄기의 웃음으로
순하게 녹아내리는
하얀 비, 고운 비
맑은 비가 되자

4
집도
몸도
마음도
물에 젖어

무겁다

무거울수록
힘든 삶

죽어서도
젖고 싶진 않다고
나의 뼈는
처음으로 외친다

함께 있을 땐
무심히 보아 넘긴
한줄기 햇볕을
이토록 어여쁜 그리움으로
노래하게 될 줄이야

내 몸과 마음을

퉁퉁 붓게 한 물기를 빼고

어서 가벼워지고 싶다

뽀송뽀송 빛나는 마른 노래를

해 아래 부르고 싶다

햇빛을 기다리는 햇빛 같은 시인, 이해인

황인숙(시인)

『이해인의 햇빛 일기』 제목을 가만히 들여다보자니 안데르센 동화 「그림 없는 그림책」이 떠올랐습니다. 「그림 없는 그림책」에는 달님이 내려다본 밤의 풍경들이 그려져 있지요. 『이해인의 햇빛 일기』는 저마다 무슨 일인가로 잠들지 못하고 뒤척이다 날을 샌 존재들에게 해님처럼 찾아가 따뜻한 기운을 전하려는 마음이 담긴 시집입니다. 시인을 달의 시인과 해의 시인으로 가른다면 이해인 수녀님은 해의 시인에 속한다고 할 수 있을 것입니다. 밝고 투명하고 따뜻하게 일상의 삶을 세심하게 비추고 있습니다. 그가 시에서도 쓴 단어처럼 '고운 언어'로요.

좀 어떠세요?
누군가 내게 묻는
이 평범한 인사에 담긴
사랑의 말이
새삼 따뜻하여
되새김하게 되네

좀 어떠세요?
내가 나에게 물으며
대답하는 말
'몸은 힘들어도
마음은 평온하네요'

좀 어떠세요?
내가 다른 이에게
인사할 때에는
사랑을 많이 담아
이 말을 건네리라

다짐하고 연습하며

빙그레 웃어보는 오늘

살아서 주고받는

인사말 한마디에

큰 바다가 출렁이네

「좀 어떠세요?」 전문

　이해인 수녀님 시의 큰 덕목은 쉬운 말로 꾸밈없이 자
연스럽게 쓰였다는 것이지요. 이 시 역시 마찬가지여서
술술 읽히는데, 마음에 쏙 들어오는 것이 있습니다. 온
세상은 말할 것 없고, 주위만 슥 둘러봐도 고난이라 할
만하게 힘든 삶을 사는 사람들이 있습니다. 많은 경우 속
수무책이어서 차라리 외면하고도 싶은데요. 실제로 도움
이 되지 못하면서 아는 척하는 게 부질없고 무의미하다
싶으니까요. 하지만 그렇게 해서 세상이 점점 외롭게 식
는 거라는 생각이 퍼뜩 드네요. 친지-동료의 고통-고됨
을 알고만 있으면 뭐 하나요? 생각만으로는 아무것도 아

니고 글로 써야 시가 되는 것처럼, 말로 들어야 고통 받는 사람이 자기 고통에 누군가 무심치 않다는 걸 알 수 있습니다. 괜찮지 않은 사람은 자기의 괜찮지 않음을 누가 알아주는 것만으로도 크게 위로가 될 수 있습니다. 그래서 최소한 덜 외로울 것입니다. 대개 인사말이란 '평범한' 것이어서 특별한 상황에서는 차마 건네기 힘든데, '사랑을 많이 담'은 각별한 마음 씀만이 그 힘듦을 무릅쓸 것입니다.

비가 많이 내리는 오늘

갑자기

나에겐

생각의 빗방울이 많아지고

어딘가에 깊이 숨어 있던

고운 언어들이

한꺼번에 빗줄기로 쏟아져 나와

나는 감당을 못 하겠네

기쁘다

행복하다

즐겁다

나는 그냥

하루 종일 웃으며

비를 맞고 싶을 뿐

「비 오는 날」 부분

　이 시 역시 해님의 시입니다. 비가 온다고 한낮인데 하늘에 해가 뜨지 않을까요? 이 시의 화자가 몸도 마음도 건강 청정한 듯해 읽는 이도 기분이 좋아집니다. 쏟아지는 비를 바라보며 신나 하는 무구함! 제가 이 시집에서 아주 좋아하는 다음 시도 보세요.

파! 라는 단어가 주는 싱싱함

김치! 라는 단어가 주는 다정함

몸이 피곤할 때는

파김치가 되었다는 말도 더러 쓰지만

나는 힘들 적마다

파김치를 먹으면

마음이 싱싱하고
일상이 다정해진다

우리 집 넓은 밭에서
하늘을 이고 줄지어 선
파들의 웃음소리도 생각나
행복해진다

죽어서 다시 사는
부활의 신비를 묵상하며
하얀 쌀밥에
파김치를 얹어 먹는
어느 봄날의 축제여

파밭이 많은 수녀원에서
파처럼 파랗게
살아야겠다

참으로 눈에 선하게 술술 읽히지요. 시인의 천진한 감각을 만끽하며 "파!" "파!" 되뇌고, 파는 파래서 이름이 파인가봐, 어린애 같은 생각도 해보게 되네요. 이 시를 읽은 뒤부터 저한테 파는 그냥 '파'가 아니라 '파!'입니다. 얼마나 상쾌하고 유쾌한 이름인지요! 도레미파 — 파! 독자들이 이해인 수녀님 시를 좋아하는 건 쾌활한 무구함과 이웃 언니 같은 담백한 다정함이 배어 있어서가 아닐까요?

이해인은 시인이면서 수녀님입니다. 시인과 수녀는 정체성이 길항하는 게 아닐까, 설핏 생각했지만, 기도와 찬송이 바로 시 아닌가요? 수도자들은 시인 아니기가 더 어렵지 않을까 이내 결론 내렸습니다.

간밤 꿈에
그림이 아름다운 열두 장의 카드를 사며
더 살까 말까 망설이다 눈을 뜨니
아쉬우면서도

행복한 느낌!

고맙다는 말
축하한다는 말
미안하다는 말을
시처럼 적으면서
살아온 날들

내 일생 동안
누군가에게 날아간
사계절의 고운 카드를
그리워하며
다시 보고 싶은 카드 속의 문장들

어느 훗날 나는
존재 자체로 한 장의 카드가 되어
날아갈 준비를 하네

「꿈 일기 ―카드를 사며」 부분

같은 시에 "나는 어제도 오늘도 그리고 또 내일도/그냥 그냥 기뻤다고 고백하리라//한 장의 러브레터로 살다 갔다고/누군가 그렇게 기억해주길 바란다고"라는 구절이 있습니다.

이해인 수녀님은 얼마나 행복한 시인이신지요! 시인이 궁극적으로 사랑의 전도사라면, 이해인 수녀님은 바탕이 그 궁극이시네요. 이해인 수녀님 시에 '행복하다'는 시어가 드물지 않은데, 그냥 시인인 저는 평소에도 '다행'이라는 말을 자주 씁니다. 다행의 '행'은 '행복'보다 '행운'을 뜻하지요. 썩 나쁘지는 않은 것이니 아슬아슬 제 인생도 '그냥 그냥' 다행입니다만.

이제 곧 맞이할 가을 햇살을 떠올리며 어쩐지 두 손 모으게 되는 시 한 편을 옮기고 글을 맺습니다. 묵상적인 아름다움에 마음이 고즈넉해지는 시입니다.

이름 없이 떠난 이들의

이름 없는 꿈들이

들국화로 피어난 가을 무덤가

흙의 향기에 취해

가만히 눈을 감는 가을

(······)

누구나 한 번은

수의를 준비하는 가을입니다

살아온 날을 고마워하며

떠날 채비에

눈을 씻는 계절

「가을 편지」 부분

우리 함께 배워가기로 해요

양은주 (암재활 전문의)

아픈 이들 곁에 있기로 막연하게 꿈을 꾸기 시작한 것은 사춘기 소녀 때부터였다.

첫사랑에 '설레였던' 때도, "뜨거운 사랑"을 표현할 때도, "단풍빛의 그리움"으로 잠 못 이룰 때도, 속상함과 억울함을 '참을성 있게 비워두고 싶어'(「내 몸의 사계절」) 차갑게 식히고 있을 때도, 표현도 말도 서툰 나 대신 분신처럼 읊고 쓴 시들로 사계절 내내 모자람이 없었다. 이해인 시 한 편 건네받지 않았다면 나의 가까운 지인이 아니라 해도 과언이 아니었으니까. 충분했다. 기대하지 않았다. 암 환자의 일상 회복을 돕는 재활을 자신의 업이라 여기는 중년 의사에게 '고통의 학교에서 새롭게 수련을 받고 나온 학생'인 시인이 '아픔 곁에 있는 법을 가르쳐줄게. 환자들이 하고 싶은 말을 대신 표현해줄 테니 들어보렴' 하고 직접 말을 건네올 날이 오리라고는.

'활기차게 삽시다. 암 치료 이후 운동도 열심히 하고, 더 감사하며 기쁘게 삽시다. 여러 수칙을 잘 지키며 습관을 제대로 만들어봅시다.' 이렇게 공부하고 연구한 것을 전하면 될 줄 알았다. 진료실에 들어오는 환자들에게 '좀 어떠셔요' 무감각하게 인사를 건네고 너무 쉬운 위로와 격려에 젖어버린 스스로가 낯설 때, 왜 환자가 눈을 살며시 감는지 어리둥절할 때, 시인은 "그래도 아직/살아 있음을 기뻐하라고?//맞는 말인데/너무 아프니까/자꾸 눈을 감게 돼"(「통증 단상」) 알려주면서 내 손을 잡고 병원을 함께 거닌다. 이것저것 많은 말로 가르치려 들 때는 "위로에도 인내와 겸손이 필요하다는 걸"(「슬픈 사람들에겐」) 나빠진 소식에 울적한 환자 곁에서 무슨 말을 해야 할지 몰라 허둥댈 때는 "약간 어색해도/미소 지으려 애쓰며/그냥 가만히 있는 것도"(「위로의 방법」) 좋다는 걸 알려주면서. 거대한 사회 앞에 무력하고 초라한 개인으로 과연 다른 사람을 도울 수 있을까 고민하고 있을 때 "제가 아픈 것을 보고/누군가 작은 위로를 받는다면/그것도 좋아요"(「위로자의 기도」)라고 토닥여주면서.

아픈 것은 나쁜 것이라고, 건강하고 정상적인 것만이 좋은 것이라고 한 방향만을 가리키는 시대에, 건강이란 단순히 병이 없는 상태가 아니라 새로운 상황에서 새로운 규범을 수립할 가능성이라고 정의한 조르주 캉길렘(Georges Canguilhem)도 아마 몰랐을 것이다. 일상을 다시 산다는 것은 이름을 불러주는 일부터 시작한다는 것을(「이름 부르기」). 시인은 방 안을 가득 채우는 약통들에게도(「약이 내게 와서」) 이명이 들리는 증상에게도(「이명」) 마디마디 아픈 뼈들에게도(「뼈 아픈 날의 일기」) 다정히 이름을 불러준다(「나의 취미는」). '채혈' '주사' '간병인' '의사' '영양사' 등 병원에서만 사용되는 존재들도 외면하지 않는다. 이름을 부르는 행위로 새로운 세계를 이미 창조한 것이다. 새로운 규범을 만들어가는 것이다. 「낯설다」는 객체가 아닌 주인공으로서의 아픈 이들에게 무엇이 낯선지 알려준다.

그칠 줄 모르는 새들의 노랫소리. 무에 그리 즐거운지 웃고 떠드는 사람들. 자꾸 무언가를 부탁하는 착한 사람들(「낯설다」).

"문득 낯설어진 세상에/새롭게 발을 들여놓고/마음을 넓히는 일"(「병상 일기 3」)을 시도하며 하루를 살아가는 지혜가 있다면 그전보다 더 건강한 상태라고 할 수 있지 않을까. "상처는 소리 없이 아물어/마침내 고운 꽃으로"(「상처의 교훈」) 앉아 있음을 발견하고 "극히 평범하게 했던 일들을/내가 다시 할 수 있다는 것이/가장 큰 기적의 선물로/놀라움으로"(「퇴원 후에」) 여겨진다는 것은 얼마나 위대한 일인가. 아무 의미 없이 던지던 "좀 어떠세요"(「좀 어떠세요?」)에 따뜻한 사랑을 담는 법을 배우고 "오늘도 그 자리에서/힘든 순간도 잘 견디며/살아내느라고 수고했어요"(「어느 날 꽃과의 대화」) 스쳐 지나가는 사물에도 인사하게 되며, 겪은 고통을 "살아서도 죽어서도/나의 보물"(「어떤 보물」)로 간직하게 된다. 새롭게 살아간다는 것만으로도 벅차, 그만 하산하려 할 때 어디선가 날아온 새는 곱게 눈을 흘기며 마지막 노래를 건넨다. "작은 욕심도 줄이라고/정든 땅을 떠나/힘차게 날아오르라고"(「비가 전하는 말」). "미리 생각하는 이별"(「눈물의 힘」) 중에도. "모든 것이 사라지는/고요하고 고요한 찰나에"(「사라지는 침묵 속에서」)도. "세상을 떠난"(「슬픈 날은」) 이들도 "마음껏 그리워하라고"(「이별의 아픔」).

병원 진료실 창 너머 하늘을 바라보다. 저 멀리 바다 가까운 광안리 수녀원에서 새소리에 잠이 깨고 편지를 정리하고 양말 빨래도 하고 있을 시인의 하루를 그려본다. 오늘따라 참 보고 싶다.

수평선이 보고 싶어

바닷가에 나가

그냥

바다! 라고

가만히 말했을 뿐인데

가슴이 뛰다 못해

눈물이 나네

달려오는 파도에게

그냥

파도야! 라고 불렀을 뿐인데

또 눈물이 나네

집에 돌아와서

왜 그럴까 생각하다

잠이 들었지

꿈결에 흘리는

나의 혼잣말

산다는 게 언제나

끝없는 그리움이어서

그러나 실은

언젠가는 꼭

끝나게 될 그리움이어서

그래서 눈물이 난 것이라고

「바다 일기」 전문

이해인의 햇빛 일기

초판 1쇄 인쇄 2023년 9월 25일
초판 1쇄 발행 2023년 10월 16일

지은이 이해인
펴낸이 정중모
펴낸곳 도서출판 열림원
출판등록 1980년 5월 19일 (제406-2000-000204호)
주소 경기도 파주시 회동길 152
전화 031-955-0700
팩스 031-955-0661   페이스북 /yolimwon
홈페이지 www.yolimwon.com   트위터 @yolimwon
이메일 editor@yolimwon.com   인스타그램 @yolimwon

주간 김현정 책임편집 김민지   마케팅 홍보 김선규 최가인 최은서
편집 조혜영 황우정 이서영   온라인사업 서명희
디자인 강희철   제작 관리 윤준수 이원희 고은정 구지영

ⓒ 이해인, 2023

ISBN 979-11-7040-218-3 03810